21727

21727

LES
DEUX TOMBEAUX
DU
GRAND HOMME

Ode de réception

A UNE CONFÉRENCE POLITIQUE ET LITTÉRAIRE

PAR

ACHILLE EYRAUD

Si mes vers ne sont pas d'un grand poète, ils sont du moins d'un bon citoyen.

****

Le lâche meurt, et jamais le grand homme.

DORAT.

Un grand homme opprimé doit nous faire rougir...
— La vengeance assoupie est au jour du réveil !

VOLTAIRE.

PARIS

LEDOYEN, LIBRAIRE-ÉDITEUR

GALERIE D'ORLÉANS, N° 31

PALAIS-ROYAL

1840

IMPRIMERIE DE E. DUVERGER,
RUE DE VERNEUIL, N° 4.

LES DEUX TOMBEAUX

DU

GRAND HOMME

Il est un roc lointain, battu par les orages,
Dont le front sourcilleux se perd dans les nuages,
Et du vaste Océan voit s'agiter les flots.
Sur ses bords s'élevait un tombeau solitaire,
Où dormait, dans le sein de la nuit funéraire,
La cendre d'un héros.

Ce héros, quel est-il ? Interrogeons la France
Que sa valeur combla de gloire et de puissance.
Elle dira ce nom, si cher à son honneur,
Ce grand nom qui doit vivre à jamais dans son cœur.
Mais demandons plutôt à l'Europe étonnée
Quel génie immortel l'a toujours consternée,
Elle dont les revers consacrent son renom ;
Et qui, bien que vingt ans aient passé sur sa cendre,
D'un sentiment d'effroi ne pouvant se défendre,
      Tremble encore à son nom !

Vit-on jamais l'éclat d'une plus grande gloire?
Quel héros fut autant chéri de la victoire?
Il la fit en tous lieux suivre nos fiers guerriers ;
L'honneur du nom français fut sa plus chère envie,
Il l'a couvert de gloire, et toujours la patrie
      Bénira ses lauriers...

La France était en proie aux fureurs populaires,
Et, sur un échafaud, la hache des sicaires
Précipitait les rois du trône en un cercueil.
Sur nos têtes grondait une tempête affreuse,

Et la mort étendait son aile ténébreuse,
        Comme un sombre linceuil.

Mais bientôt, dans l'horreur de ce vaste naufrage,
Tel qu'un astre naissant au milieu de l'orage,
Napoléon parut, éclatant de splendeur.
Et soudain du chaos l'ordre naquit encore,
Et la France vit poindre une nouvelle aurore
        De gloire et de bonheur.

Portant d'abord ses pas vers les champs d'Italie,
Général valeureux de valeureux guerriers,
Ce nouvel Annibal franchit ces monts altiers,
Ces pics au front glacé, remparts de la patrie;
Un succès éternel a suivi ses travaux :
Les lauriers de Lodi, d'Arcole et de Véronne
Entourèrent bientôt d'une triple couronne
        La tête du héros.

Puis, on le vit marcher vers les plaines fécondes
Que le Nil enrichit du tribut de ses ondes.

Des Français outragés il sut venger les droits,
Et sa valeur soumit ce pays à nos lois.
Son camp était placé près de ces pyramides
Qu'éleva de cent rois la triste vanité.
Ils voulurent dormir sous ses tombeaux splendides,
Immortels monuments de leur fragilité !

L'histoire les ignore, et l'Océan des âges,
Dont leurs tombeaux altiers ont bravé les ravages,
Les presse sous le poids d'un éternel oubli.
Enveloppé comme eux de ténèbres profondes ,
Leurs noms, tel qu'un rocher englouti dans les ondes,
Dans l'abîme des temps demeure enseveli...

Quand tu vis ces tombeaux se dresser sur la plaine,
D'où vient que ces pensers, ô grand Napoléon,
N'ont point calmé les feux de ton ambition,
Devant tout ce néant de la grandeur humaine ?
Oh ! c'est qu'ils t'enseignaient, dans ces muets déserts,
Que tout meurt ici-bas, tout excepté la gloire,
Qu'un grand homme est partout où survit sa mémoire,
Et que sa tombe est l'univers !

Chaque jour de ton nom s'agrandissait l'éclat.
Bientôt, pour s'opposer à ton bras invincible,
Ce fut trop peu que d'un État.
Il se forme en Europe une ligue terrible,
Vingt peuples ennemis unissent leurs efforts ;
A défaut de valeur, le nombre les rend forts :
Non, ils n'eurent jamais cette vertu guerrière
Qui nous fit constamment les vainqueurs des combats.
Seul, aucun ne saurait arrêter nos soldats ;
Pour balancer la France, il faut l'Europe entière !

Cependant, à leur nombre opposant sa valeur,
Le Français, sous tes lois, resta longtemps vainqueur.
Sur ton char belliqueux, d'où jaillissait la foudre,
Partout victorieux, sous tes coups tu domptas
Les rois coalisés ; et ces grands potentats,
Esclaves couronnés, virent leur trône en poudre !...

Après un vif regard, lancé du haut des airs,
Et pareil dans son vol au rapide tonnerre,
Ton aigle impétueux s'abattit sur la terre,
Et sa serre puissante embrassa l'univers !

Mais, hélas ! rien de grand ne subsiste en ce monde !
Quand l'homme est sans désirs, et quand tout le seconde,
Au faîte du pouvoir, au comble du bonheur,
Il ne peut soutenir le poids de sa grandeur...
C'est ce pesant fardeau de gloire et de puissance
Qui renversa l'orgueil de ce colosse immense...
Quel redoutable exemple ! Et telle fut la fin,
Qu'en ses arrêts jaloux, lui marqua le destin !
Oui, tout est sur la terre inconstant et fragile ;
Plus on est élevé, plus la chute est facile !

Ce fut à Waterlo qu'éclata ce revers ;
Mais de ce grand combat nous serons toujours fiers.
Succombant aux destins d'une lutte inégale,
Nos héros sont tombés ; mais leur mort triomphale
Les entoure à jamais d'un éclatant honneur.
Jusqu'au dernier soupir se montra leur grand cœur :
Accablés par le nombre et vendus par des traîtres,
Plutôt que de souffrir le joug d'odieux maîtres,
Tous, des soldats de Sparte eurent le noble sort :
On leur offrait la vie, ils conquirent la mort.
Qu'un hommage éternel honore leur mémoire :

Ils se sont endormis dans le sein de la gloire !
En voyant expirer ses bataillons épars,
Et son trône ébranlé crouler de toutes parts,
Cédant au noble élan d'un instinct héroïque,
Bonaparte se livre au pouvoir britannique ;
Confiant, il espère honneur, protection ;
Il en reçoit des fers : l'infâme nation
Se hâta d'assouvir sa vengeance et sa haine,
Et l'envoya captif mourir à Sainte-Hélène !

De ce peuple puissant qu'il est noble le cœur !
Et qu'un tel acte est bien digne de l'Angleterre !
Digne de ces héros, dont la haute valeur
Fit périr par le feu cette jeune bergère
Qui sauva la patrie et lui rendit ses rois !...
Ces lâches assassins des héros de la France
Ont encore exercé leur honteuse vengeance
    Sur le défenseur de nos droits !

Tu péris, consumé par le fiel homicide
Dont t'abreuva six ans leur sicaire perfide...
Ils ont voulu ternir l'éclat du nom Français ;

Ils n'ont fait que l'accroître : envieux de ta gloire,
On les vit se souiller des plus lâches forfaits...
Mais ce sceau du malheur consacre ta mémoire ;
Mais, vainqueur jusqu'au bout, tu léguas à jamais,
Par tes brillants exploits, par ta longue souffrance,
L'opprobre à l'Angleterre et la gloire à la France !

Un cercueil s'éleva sur ces rochers déserts,
Et le héros dormit au sein des vastes mers !
Le clairon belliqueux et le canon qui gronde
Accompagnaient jadis son glorieux drapeau ;
Mais il n'entendit plus, dans sa couche profonde,
Que les plaintes des vents et que le bruit de l'onde
Qui venait tristement gémir à son tombeau !

Sur l'univers entier, étendant sa puissance,
Des plus grands potentats il abattit l'orgueil....
Il n'a plus conservé de cet empire immense
    Que la place de son cercueil !

Oh ! quand sur cette mer, en tempête féconde,
En tous lieux déchaînés, les vents impétueux

Grondaient avec fureur, et bouleversaient l'onde,
Quand la foudre ébranlait et les flots et les cieux ;
Alors, ton ombre, au sein des vagues en furie,
Entendant leur fracas de son lit de repos,

    Devait se rappeler l'orage de ta vie...
Battu de tous les vents, triste jouet des flots,
Un navire parfois se brisait sur la dune.
Ainsi, sur ce rocher se brisa ta fortune !
Ainsi, longtemps en proie aux vents des passions,
Du vaisseau de l'État, pilote habile et sage,
Après avoir dompté les flots des factions,
Tu péris entraîné dans un vaste naufrage.
Et de tant de grandeur le trop célèbre écueil
Est l'endroit qu'au rocher désigne ton cercueil !

Mais en ces lieux lointains ta cendre ensevelie
Gémissait sous le poids d'une terre ennemie ;
L'exil jusqu'à ta tombe étendait ses rigueurs ;
Mais quand la mort finit ta destinée humaine,
Et délivra les rois de leurs longues terreurs,
Tu disais, entouré de tes amis en pleurs :
«Puissé-je reposer sur les bords de la Seine,

« Au milieu des Français, que j'ai toujours aimés! »
Tels sont les derniers vœux que ton cœur a formés.

Quel est ce vaisseau noir qui, voguant en silence,
D'un air majestueux sur les ondes s'avance?
Quel deuil règne à son bord! Les pâles matelots
Contemplent tristement l'immensité des flots.
Et le navire, orné de crêpes mortuaires,
Déploie au sein des airs ses voiles funéraires.
Il s'approche; on aborde; on ouvre son tombeau!...
Voudrait-on le souiller par un crime nouveau?
Non; mais tu frémissais de joie et d'espérance,
Car tu reconnaissais les enfants de la France
Qui venaient, animés par un zèle pieux,
Remplir le vœu sacré de leur chef glorieux.

Oh! comme à son retour cette pompe funèbre,
Consacrée à l'honneur d'un héros si célèbre,
Présentait de grandeur et de solennité!
Les éléments semblaient en subir l'influence;
Les airs s'étaient calmés; les vents faisaient silence,
Tandis que sur les mers le deuil était porté,

Vous eussiez vu tantôt l'onde respectueuse
S'incliner au-devant des restes du héros,
Tantôt d'un poids si noble une vague orgueilleuse
Les porter au-dessus des flots !

Bientôt un vif transport électrisant la France,
Du cercueil sur nos bords signale la présence.
Partout on se rappelle avec joie et bonheur
De l'âge impérial l'éternelle splendeur !
Alors chaque combat était une victoire,
Et l'Europe, éblouie en voyant tant de gloire,
Courbait son front altier au joug de nos exploits,
Et, soumise à la France, exécutait ses lois !
Un nuage de deuil s'étendit sur la Seine,
Quand son onde porta ces restes aux Français...
Reliques du martyr de la plus lâche haine
Que les siècles futurs puissent flétrir jamais !

Mais quels élans de cœur et quel généreux zèle
Accueillent en tous lieux la pompe solennelle !
Les acclamations, les applaudissements
Saluent avec transport le roi des conquérants !

Le Français se souvient de l'éclat que la guerre
Fit jaillir sur son nom, quand il soumit la terre
Par sa mâle valeur et ses nombreux exploits...
On eût dit que son chef reprenait son tonnerre,
Et, rompant de la mort les souveraines lois,
Revenait de l'exil une seconde fois !

Ah ! s'il reparaissait ! quel bonheur pour la France !
Et, s'il vivait témoin de l'éclatant affront
Qui de tous les Français pèse encor sur le front,
Comme son bras vainqueur vengerait notre offense,
Et de ces étrangers punirait l'insolence !
Comme, au sein des combats, devant nos étendards,
Il les verrait encor s'enfuir de toutes parts !

Mais, quoiqu'il ne soit plus, son cercueil nous inspire,
Et ranime en nos cœurs les transports de l'Empire ;
Mais, planant sous nos cieux, l'ombre du grand héros
Semble, sur nos destins, nous parler en ces mots :

« Fille de la victoire, ô France, ô ma patrie !
« Peux-tu voir sans douleur ta couronne flétrie ?

« Chaque jour l'étranger en arrache un fleuron,

« Et sans pudeur te voue à la dérision !

« Quand s'épuisera donc ta longue patience ?

« Qu'as-tu fait de ton glaive ? Et n'es-tu plus la France ?

« Allons, romps ce sommeil ; qu'une noble fureur,

« Qu'une sainte vengeance anime ton grand cœur.

« Marche sur l'ennemi comme un foudre qui gronde,

« Qu'il tombe sous les traits de ton courroux vengeur,

« Marche, et comme autrefois sois la reine du monde ! »

Paris, 15 décembre 1840.